El fantasma de palacio

Mira Lobe

Ilustraciones de Susi Weigel

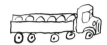

Primera edición: mayo 1983
Trigésima octava edición: noviembre 2005

Dirección editorial: Elsa Aguiar
Traducción del alemán: Jesús Larriba

Título original: *Das Schossgespenst*
© Arena-Verlag Georg Popp, Würzburg
© Ediciones SM, 1983
   Impresores, 15
   Urbanización Prado del Espino
   28660 Boadilla del Monte (Madrid)
   www.grupo-sm.com

CENTRO INTEGRAL DE ATENCIÓN AL CLIENTE
Tel.: 902 12 13 23
Fax: 902 24 12 22
e-mail: clientes@grupo-sm.com

ISBN: 84-348-1174-X
Depósito legal: M-40356-2005
Impreso en España / *Printed in Spain*
Huertas IG, SA - Fuenlabrada (Madrid)

EN un palacio muy grande
vivía solo
un fantasma muy pequeño.

Y EL pequeño fantasma decía:
—¡Estoy aburrido!
¡Estoy muy aburrido!

A VECES
golpeaba el suelo
con el pie.
A veces
daba puñetazos
en la mesa
con las dos manos.
A veces
lloraba de pena.

La mayoría de los fantasmas
no pueden hacer eso:
no pueden llorar ni reír;
no pueden golpear el suelo
con los pies
ni dar puñetazos en la mesa.
Sólo saben vagar
como espíritus a medianoche
y hacer «uuuh».
Y eso es tonto, muy tonto.
Pero el pequeño fantasma
no era tonto.
Al contrario,
era muy listo.
Por eso, se secó las lágrimas
con un pliegue de fantasma
y dijo:

—¡Basta de llorar!
Llorando no se consigue nada.
Tengo que hacer algo.
Haciendo algo, se remedian las cosas.
Me buscaré un amigo.

EL pequeño fantasma
se hizo un nudo
en el pliegue superior.
Lo hacía siempre
que tenía que pensar mucho.

—¿Dónde podría encontrar
un amigo?
¿En el pueblo?
En ese caso,
yo tendría que vivir en el campanario.
Pero allí viven los murciélagos
y los fantasmas del pueblo.

Además,
en el campanario está la campana,
y su sonido me marea.
¿Tal vez en la ciudad?
No; en la ciudad
viven los fantasmas de la ciudad;
además, hay muchos coches,
y los coches echan un olor que apesta.
¿Quizá en el bosque?
No; en el bosque
viven los fantasmas del bosque.
Y en la pradera
viven los fantasmas de la pradera.

El pequeño fantasma
dio vueltas y más vueltas
a este problema,
hasta que le empezó a doler
el nudo del pliegue, de tanto pensar.
—¡No! —dijo en voz alta.
Yo no soy un fantasma de bosque
ni un fantasma de pradera.
No soy un fantasma de pueblo

10

ni un fantasma de ciudad.
Luego,
sacó de la estufa un trozo de carbón
y comenzó a escribir:
«Yo soy un fantasma de palacio
y me quedaré aquí».

SE sentó en su hamaca,
comenzó a balancearse y gritó:
—¡Amigo! No me iré a vivir contigo.
Te traeré a vivir aquí.
Luego, recorrió todo el palacio,
volando con la rapidez del rayo.
Fue del salón amarillo al rojo,
del salón rojo al verde,
del salón verde al azul.
En el salón azul
había colgados muchos cuadros
con retratos.
El pequeño fantasma
bajó de la pared un retrato
y le dio la vuelta.

Fantasma de palacio solitario,
harto de estar aburrido,
busca amigo simpático y divertido...

PERO no terminó de escribir.
—¡Alto! Tengo que encontrar
algo más corto.
Si pongo un texto tan largo
se me va a salir del marco.

Borró las palabras
con saliva de fantasma
y garabateó:

Querido amigo,
yo te busco a ti.
Ven al palacio
y encuéntrame a mí.

¡Demasiado largo todavía!
El pequeño fantasma
escupió otra vez
y escribió de nuevo:

Habitante de palacio
se busca urgentemente

—Con esto basta
–dijo el pequeño fantasma–.
Anuncios y sinsabores,
cuanto más cortos, mejores.

13

Salió por la ventana,
cruzó como un relámpago
el parque del palacio
y llegó a la carretera general.
—Por delante,
el retrato de un caballero;
por detrás, un letrero
–dijo con una sonrisa–.
Lo pondré donde empieza
el camino del palacio.
Allí podrá verlo todo el mundo.

LUEGO, el pequeño fantasma
regresó a su palacio volando.
Se acurrucó en el balcón y esperó.
Y mientras esperaba pensó:
«Estoy intrigado
por conocer a mi amigo».

AL cabo de un rato
volvió a pensar:
«Estoy, realmente, muy intrigado».

Y AL cabo de otro rato:
«Jamás un fantasma ha esperado
tan intrigado a un amigo».

POR la carretera general,
los coches pasaban rugiendo.
El pequeño fantasma esperaba.

Poco a poco
fue perdiendo la paciencia.
¿Por qué pasaban todos de largo?
¿No sabían leer?
¿Por qué no se detenía ninguno?
¿No había nadie
que quisiera vivir en su palacio?
¿O tal vez tenían
miedo a los fantasmas?

—¡No os haré nada!
–gritó el pequeño fantasma.
Pero nadie oyó lo que decía.
Hizo señas con todos los pliegues.
Pero nadie vio sus gestos,
pues el pequeño fantasma
era invisible de día,
como si estuviera hecho de aire.
—No viene nadie
–dijo decepcionado
el pequeño fantasma–.

16

¿Será porque mi palacio
está ya un poco viejo?
¿Porque no hay antenas de televisión
en el tejado,
ni sauna en el sótano?

Al fin se cansó de esperar.
—Contaré hasta treinta.
Si pasan treinta coches sin detenerse,
me pondré triste.

Contó hasta treinta.

Contó hasta sesenta.

Contó hasta cien.

Y entonces se puso triste.

Siguió acurrucado en el balcón,
con los cuatro pliegues caídos.

17

POR la carretera general
cruzaban como centellas
coches grandes,
elegantes, aerodinámicos.
Todos adelantaban
a un coche minúsculo.
El diminuto cochecillo
crujía por delante,
chirriaba por detrás
y expulsaba nubes negras.
El hombre que iba al volante
se llamaba Balduino.
En los asientos de atrás
iban una gata y un perro.
La gata se llamaba *Princesa*
y se daba siempre mucho tono.
El nombre del perro era *Wuff*.
El coche se llamaba *Cacacú*.
¿Queréis saber por qué?
Porque la gente se partía de risa al verlo.
—¿Es un coche este viejo cacharro,
esta carreta destartalada,

esta ridícula cucaracha?
–se preguntaban todos
entre carcajadas.
Balduino sonreía con ellos:
—¡Cacharro, carreta, cucaracha!
El nombre de mi coche es *Cacacú*.
Y una vez
pintó muy orgulloso
tres hermosas ces
sobre la chapa abollada.
Al pasar junto al letrero,
Balduino pisó el freno.
—¡Detente, Cacacú! –dijo.
Quiero ver qué dice ese letrero.
Cacacú chirrió y rechinó.
Cacacú se tambaleó y se encabritó.

PALACIO

Habitante
de palacio
se busca
urgente-
mente.

Wuff y la Princesa
saltaron como pelotas de goma.
Balduino dijo:
—Aquí buscan
un habitante de palacio.
Creo que también
admitirán tres.
¿Qué os parece?

WUFF movió el rabo
como un abanico
e hizo «wuff».
Era su forma de decir «de acuerdo».
La Princesa era demasiado elegante
para mover el rabo como un abanico.
Y se limitó a mover un poco
la oreja izquierda.

CON eso quería decir:
«Una princesa
debe vivir en un palacio».

20

CACACÚ retrocedió,
tomó la carretera del parque
y se detuvo
ante la escalera del vestíbulo.
Balduino tocó el timbre.
Balduino aporreó la puerta
y la sacudió.
Balduino abrió el picaporte
y metió la cabeza
por la rendija de la puerta.
—¿Quién hay? —gritó—.
Me parece que aquí no hay nadie.
Pero Balduino se equivocaba.

Allí había alguien.
Ya sabéis quién.
El pequeño fantasma
estaba escondido
debajo de la escalera interior.
Le temblaban los cinco pliegues.
Balduino abrió la puerta
y entró en el vestíbulo.
—Mirad lo que ha escrito alguien
en el suelo:
Feliz bienvenida.
¿Qué os parece?
Wuff movió la cola
como un abanico y dijo:
—¡Wuff!
La Princesa no dijo nada.
Se limitó a mover un poco una oreja,
esta vez la derecha.
Con eso querían decir:
—Nos parece un detalle simpático.
—A mí también –dijo Balduino–.
Puesto que nos saludan amistosamente,

debemos quedarnos aquí
sin pensarlo más.
El coche Cacacú tenía un remolque.
De allí sacó Balduino
sus cuatro trastos.
Naturalmente, no eran sólo cuatro,
pues Balduino era pintor
y tenía muchos bártulos:
pinceles y pinturas,
botellas y paletas,
caballetes y rollos de papel.
Y sabe Dios cuántas cosas más.
¡Un revoltijo impresionante!

Balduino metió todo en el palacio.
Wuff le ayudó.
Llevó con la boca
rollos de papel de dibujo.
La Princesa era demasiado elegante
y demasiado perezosa para ayudar.
Arrugó la nariz,
se apoyó
sobre las cuatro patas
y dio vueltas alrededor
de los bártulos.

—Bien –dijo Balduino–.
Primero colocaremos en el caballete
mi retrato de marinero
y colgaremos los cuadros de animales.

El pequeño fantasma
vio lo que hacían,
sintió curiosidad
y salió de su escondite.
Luego, voló en zig-zag
por el vestíbulo.

Los cuadros le gustaron.
Le gustaron los bártulos
y el revoltijo.
También le gustó el pintor Balduino.
«¡Qué suerte!
–pensó el pequeño fantasma–.
¡Tres amigos, de un golpe!»
Lleno de alegría,
agitó los pliegues
y sopló en todas las direcciones.
Le rozó la piel a Wuff
y sopló a la Princesa en la oreja.
Wuff resopló y gruñó.
La Princesa arqueó el lomo y bufó.
—¿Qué os pasa?
–preguntó Balduino.
Y en ese momento sintió
un soplo de aire fresco en la nariz.

—¡Hombre! ¡Aquí hay corriente!
–exclamó Balduino–.
¡Qué agradable!
El pequeño fantasma

aleteó alrededor de los tres
y procuró hacer mucho aire.
—¡Otra vez
esa deliciosa corriente de aire fresco!
–dijo Balduino, entusiasmado.

WUFF gruñó más fuerte.
La Princesa erizó los pelos.
Balduino sonrió.
—Ya veo que a vosotros
no os gusta esto –dijo–.
Vosotros preferís
la leche fría al viento fresco.
¡Vamos!
Ya es hora de que exploremos
el palacio.

SUBIERON por la escalera.
El pequeño fantasma
los siguió volando.

26

El primer cuarto
era el salón blanco.
Wuff aulló lúgubremente.
El pintor asintió:

—Wuff tiene razón.
Las paredes blancas
hacen aullar.
Por eso hay que pintarlas.
Wuff movió la cabeza
y gruñó:

—¡Qué tontería!
Yo no aúllo
por las paredes.
Aúllo porque alguien
me ha tirado de la cola.
Y la Princesa maulló:

—A mí también.
Balduino llevó
un cubo de pintura roja
y mojó el pincel.

Comenzó pintando un garabato
en forma de espiral.
Luego, trazó círculos
alrededor del primer garabato,
círculos cada vez más altos
y más anchos.

CUANDO ya no alcanzó,
se subió a una silla.
Cuando la silla no le bastó,
se subió a una mesa.

CUANDO la mesa no le bastó,
puso la silla encima de la mesa.
Y cuando tampoco esto bastó,
Balduino dejó de pintar y exclamó:
—¡Por hoy se acabó la tarea!
¡Mañana traeré una escalera!

LA Princesa bostezó.
Le había entrado el sueño mientras
Balduino pintaba círculos y espirales.

—Tengo sueño –maulló.
—Yo también –dijo Wuff–.
Delante del palacio hay una perrera.
Me voy a dormir allí.
Buenas noches, señora,
y que no le piquen mucho las pulgas.
—Yo no tengo pulgas
–respondió, altiva, la Princesa.
Entró ceremoniosa
en la habitación de al lado
y saltó a la cama.
El pintor Balduino la siguió.
No tardó cinco minutos
en comenzar a roncar.
La Princesa
era demasiado elegante para roncar.
Se limpió los bigotes.
Enroscó la cola alrededor del cuerpo,
ronroneó un poco y se durmió.

EL pequeño fantasma
había estado mirando
mientras Balduino pintaba
espirales en la pared.
Pero a él
no le había entrado el sueño
como a Wuff y a la Princesa.
Al contrario,
estaba tan despierto y despejado
como si acabara de ducharse.
Tenía tantas ganas
de ver si podía pintar espirales,
que le hacían cosquillas
los pliegues.

—¡Vamos allá!
–dijo–.
Primero
le terminaré
a Balduino
los círculos rojos.

EL pequeño fantasma
metió el pincel en el cubo de pintura.
Al principio
estaba un poco asustado.
Pero luego se entusiasmó.
El trabajo le divertía.
Le divertía tanto
que comenzó a cantar:

¡Qué divertido es pintar,
en las noches fantasmales,
llenando toda la casa
de círculos y espirales!
Aquí pinto una espiral,
aquí pongo un circulito.
¡Qué divertido es pintar,
pinto, pinto, gorgorito!

CUANDO el pequeño fantasma
acabó la canción,
la espiral estaba terminada.
Luego,
pintó sarmientos enroscados
y colas ensortijadas.
Todos los sarmientos y todas las colas
terminaban en un adorno
en forma de seis.

—¡Esto me ha salido muy bien!
–exclamó el pequeño fantasma,
orgulloso de su habilidad–.
Cuando lo vea mi amigo Balduino,
se pondrá muy contento
y preguntará:
«¿Quién lo habrá pintado?
Tienen que haber sido los duendes».

EL pequeño fantasma
sonrió satisfecho.
—Aquí no hay duendes.
Aquí no hay más
que un pequeño fantasma de palacio
que tiene pliegues,
se ríe como un loco
y pinta en la pared seises rojos.
Agitó el pincel
y miró a su alrededor.
¿No había allí,
además de las paredes,
nada blanco que pudiera llenar
con sus seises rojos?

SE deslizó hasta el dormitorio
y garabateó espirales rojas
en el edredón
y en todo lo que cayó
bajo su pincel.
Mientras pintaba, cantó:

34

Me divierte cantidad
la pintura pinturera:
sillas, mesas y escalera,
¡todo lo voy a pintar!
Mi vida será distinta;
¡se acabó el aburrimiento!
Que estar triste es una lata,
y yo quiero estar contento.
Así que... ¡a pintar la gata!

LA Princesa se despertó sobresaltada,
dio un brinco
y se tiró de la cama.
—¡Miau! –gritó furiosa.
—No te excites
–le dijo el pequeño fantasma–.
¡Si vieras lo bonita que estás!
Eres la primera y única gata
con garabatos rojos.
—¡Miau! –maulló la Princesa–.
¿Quién eres tú?
—¿Yo? Hasta hace poco era sólo
un pequeño fantasma de palacio.
Pero desde hace media hora
soy pintor.
El primero y único maestro
en pintar seises.
La Princesa siguió preguntando:
—¿Eres tú el de las corrientes de aire?
—¡Has acertado!
–contestó orgulloso el fantasma–.
Y ahora discúlpame, por favor.

Tengo que hacer.
Voló al vestíbulo y gritó:
—¡Atención!
Aquí llega
el campeón mundial
de pintura
de espirales rojas.
Cuando llegó a los cuadros
de Balduino, se detuvo.
Al marinero le puso
un enorme bigote ensortijado
de color rojo.
A la gallina le pintó en la cola
unas plumas enormes
en forma de caracol.
Al camello lo adornó
con una enorme joroba roja
en forma de espiral.
Y a la cabra le colocó
unos cuernos rojos
enroscados.

El pequeño fantasma sonrió otra vez.
—Les he hecho a todos la permanente
–gritó.
La Princesa arrugó la nariz.
—La permanente
sólo se hace a las mujeres.
Las cabras, las gallinas y los marineros
nunca llevan la permanente.
¡No lo olvides!

EL pequeño fantasma respondió:
—Gracias. ¡Eres muy lista!
La Princesa asintió:
—¡Lista y bonita!
Tengo ganas de saber
qué dirá Wuff cuando me vea.
—¿Wuff?
–exclamó el pequeño fantasma–.
Por poco me olvido de él.
Ya es hora
de que le ponga algún adorno.
Pero antes le toca el turno
a la barandilla de la escalera.

Sujetó el pincel entre las piernas
y se deslizó por la barandilla.

—¡Atención!
¡Aquí llega
el primer campeón mundial
de patinaje sobre pincel!
Luego,
pintó un cordón rojo en la escalera
y lo introdujo
por las anillas de la pared.
Cuando terminó,
salió como una flecha por la puerta.
Fuera estaba la perrera.
El pequeño fantasma
voló directamente hacia ella.

—*¡Soy un artista divino!*
Voy a pintar la perrera
y el perro de Balduino.

40

LA perrera estaba más oscura
que la boca de un lobo.
El pequeño fantasma
sólo pudo trazar un par de rayas.
Wuff se despertó enseguida
y salió aullando.
La Princesa había ido al jardín,
caminando sobre sus cuatro patitas.

—¿Eres tú, Wuff? –preguntó.

—Creo que sí.

—Estás muy cambiado.

—También tú, Princesa.

—¿Estás seguro
de que no eres una cebra?

—¡Completamente seguro!
–respondió Wuff.

—¡Eres un perro a rayas!
–dijo la Princesa–.

A mí me gustan las rayas.

—Y tú eres una gata a garabatos
–respondió Wuff–.
A mí me gustan los garabatos.
Cada uno apoyó su cabeza
en la del otro.
Wuff resopló cariñosamente,
y la Princesa ronroneó con ternura.
Luego, se metieron
en las sombras del parque.

ANTES, Wuff y la Princesa
no se llevaban demasiado bien.
Ahora eran los mejores amigos.

El pequeño fantasma se alegró.
Es más,
se alegró mucho.
Se alegró como jamás se había alegrado
en toda su vida de fantasma.
Agitó el pincel
y, de tanta alegría,
sintió deseos
de pintar el mundo entero.

En el jardín había un manzano.
El pequeño fantasma
pintó las manzanas de rojo.
—¡Gracias! –dijo el manzano–.
Las manzanas rojas
son más bonitas que las verdes.

En el prado pacía un caballo blanco.
El pequeño fantasma pintó al caballo
de arriba abajo.

—¡Gracias! –relinchó el caballo–.
Siempre había querido ser pinto.

EL pequeño fantasma
voló al estanque.
En el agua nadaban dos cisnes.

—¡Gracias! —dijeron los cisnes—.
Siempre habíamos querido
tener rojo el pico
y llevar lazos rojos.
El pequeño fantasma
estaba cansado de tanto pintar.
—Aún tengo
que embadurnar mi hamaca.
Luego, me iré a descansar
y ya no pintaré más.

EL pequeño fantasma
levantó el vuelo
y se dirigió a su palacio.
Por el camino
pintó de rojo a un par de murciélagos.
—¡Gracias!
—exclamaron los murciélagos—.
Siempre habíamos querido
tener las alas rojas.

DELANTE del palacio
estaba el coche Cacacú.
El coche dormía
y soñaba con una autopista.
En el sueño no era un viejo Cacacú
sino un coche de carreras.

46

Soñaba que corría como un rayo
y adelantaba
a todos los demás coches.
Y en medio del sueño tocó la bocina
cuando sintió
que le pintaban dos rayas rojas en la chapa.
El pequeño fantasma
llegó por fin al palacio
y voló directamente
a la sala de los espejos.
Allí se hallaba su hamaca
colgada del techo.
Era difícil pintar las cuerdas delgadas
con un pincel grueso.
Mucho más difícil
que garabatear seises y espirales.
El pequeño fantasma se esmeró.

—¡Es una suerte
que yo sea un gran pintor!
Si yo no fuera un gran pintor...

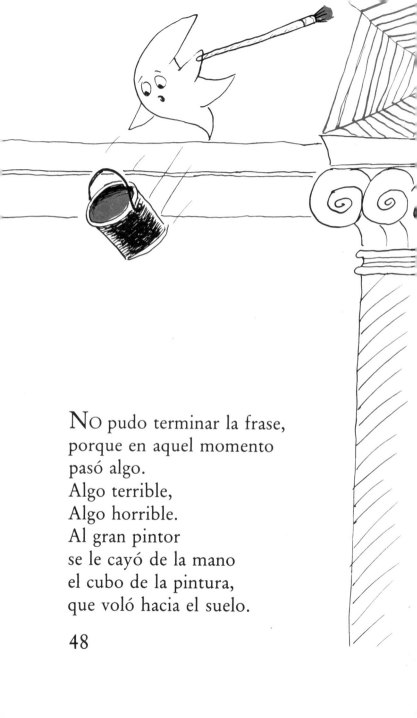

No pudo terminar la frase,
porque en aquel momento
pasó algo.
Algo terrible,
Algo horrible.
Al gran pintor
se le cayó de la mano
el cubo de la pintura,
que voló hacia el suelo.

48

—¡Alto! ¿Adónde quieres ir?
–gritó el pequeño fantasma.
Se lanzó tras el cubo de pintura
e intentó atraparlo.
¡Plas!, hizo el cubo rojo,
y le cayó al fantasma en el coco.

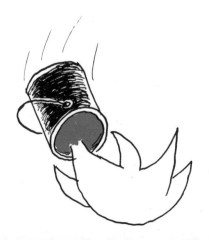

49

Los dos aterrizaron en el suelo,
y la pintura roja
salpicó por todas partes.

En realidad,
el ruido del golpe
tendría que haber despertado a Balduino.
Pero el pintor dormía tan bien
que no lo despertaba un tren.

El pequeño fantasma
se quedó metido en el cubo de pintura.
Y rodó con él.

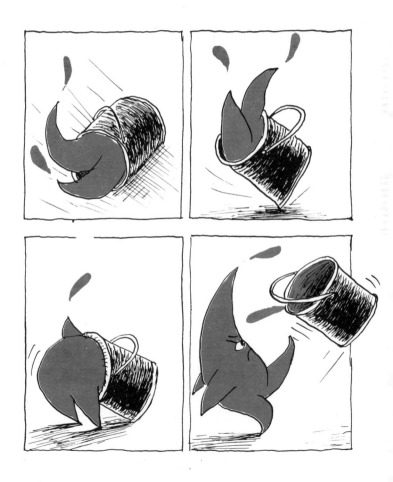

Braceó y pataleó.
Intentó con todas sus fuerzas
librarse de la prisión del cubo.
Por fin salió, hecho una pena.
—¡Estúpido! –gritó–.
¡Ahora vas a ver...!
Le dio al cubo un puntapié
y lo lanzó por los aires.
—¡Chut! ¡Gol!
–exclamó el pequeño fantasma.
Pero inmediatamente lloriqueó:
—¡Ay! ¡Ay! ¡Ay!

Y SE agarró el pie.
Lo tenía rojo.
También sus manos estaban rojas.

EL pequeño fantasma se asustó.
Se acercó al espejo
dando trompicones.

Y apareció ante él un fantasma extraño,
rojo como la sangre
de los pies a la cabeza.

—¡Uuuh!
–hizo el pequeño fantasma,
y comenzó a llorar.

—¡Contrarrequetefantasmas!
¡Tengo un aspecto que pasma!
Dio un gran suspiro.
Las lágrimas rojas
le corrían por las mejillas.

—¡Me cachis en la mar salada!
Me he puesto hasta las orejas
de esta pintura endiablada.
Decidió volver a su hamaca.
Le costó mucho levantar el vuelo,
porque tenía las alas rígidas y pesadas
por la pegajosa pintura.
Allí siguió llorando:
—¡Uuuh!

EL quejido podía oírse
en todo el palacio.
Y habría despertado a Balduino,
si Balduino no hubiera dormido
como un lirón.

—¡Uuuh!
–se oía también
en el parque.

LA Princesa aguzó las orejas.
—¿No se oye llorar a alguien?
–preguntó.
—Sí –respondió Wuff–.
Me conmueve el corazón.
—Y a mí los nervios
–maulló la Princesa.

—¡Guauuu! –aulló Wuff–.
Se me erizan todas las rayas.
—¡Y a mí todos los garabatos!
–maulló la Princesa.
Los dos corrieron hacia el palacio,
siguiendo la dirección de los gemidos.
Cruzaron el vestíbulo.
Pasaron al salón verde.
Del salón verde al amarillo.
Del salón amarillo al azul.

El «Uuuh» salía
de la sala de los espejos.
Wuff y la Princesa
se quedaron mudos de asombro.
El campeón mundial
de pintura de seises
y de patinaje sobre pincel
estaba acurrucado cerca del techo,
desprendía gotas rojas y sollozaba.

—¡Calla! –ladró Wuff–.
Eso es contagioso.
Si no te callas ahora mismo,
me echaré a llorar yo también.
Pero el pequeño fantasma
no se calló.
—¡Uuuh!
—¡Guauuu! –aulló Wuff.
—¡Miauuu! –maulló la Princesa,
arrastrando los maullidos
con tono lastimero.
Música de gato,
lamentos de perro
y gemidos de fantasma.
¿Podéis imaginaros
cómo suena eso?

EL sonido era tan penetrante
y tan estremecedor
que habría despertado
al lirón más dormilón.
Pero Balduino
se tapó la cabeza con la sábana.
Estaba soñando con algo bonito,
lo mismo que Cacacú.

SOÑABA que se hallaba en América
y le dejaban pintar un rascacielos.
Ya había embadurnado
cincuenta pisos.
Iba a comenzar
con el piso cincuenta y uno
cuando silbó de repente
una sirena de los bomberos:
—Uuuh, guau, uuuh, miau,
uuuh, guau, uuuh, miau.

BALDUINO se despertó.
—¡Socorro! ¡Fuego!
Se tiró de la cama.
Quedó sorprendido
al ver el nuevo edredón
y la nueva camisa.

QUEDÓ sorprendido
al ver las espirales de la pared.
Pero se sorprendió mucho más
cuando entró
en la sala de los espejos
y vio en el suelo
un enorme charco rojo,
como sangre.
—¡Cielos!
¿Qué ha pasado aquí?
¡Un crimen!
¡Un asesinato!
¿Quién ha sido?
Wuff y la Princesa
miraron hacia arriba.
Balduino miró también
hacia arriba.

—¿Qué haces ahí?
–preguntó Balduino.
—Ya lo ves.
Estoy goteando
–respondió el pequeño fantasma
en tono lastimero.

Balduino se echó a reír.
—Ya te veo, pobre diablo.
Y apuesto a que has sido tú
el que ha pintado los garabatos,
las rayas y las espirales.
Así que somos colegas.

EL pequeño fantasma
asintió y suspiró:
—Estoy avergonzado.
Siento tanta vergüenza
que, si pudiera,
me pondría rojo.

—¿Más rojo? ¡Imposible!
–respondió Balduino–.
Baja, querido colega,
y permíteme saludarte.
Pero el pequeño fantasma
movió el pliegue superior
y dijo:
—No puedo. Estoy pegado.

BALDUINO se rascó la cabeza.
Quería bajar al pequeño fantasma.
Pero ¿cómo?
—Si tuviera un lazo –murmuró.
—¡Wuff, wuff! –ladró Wuff.
Con eso quería decir:

«Nosotros te traeremos uno.»
—¡Miau, mío!
–maulló la Princesa.
Con eso quería decir:

«Te lo traeremos enseguida.»

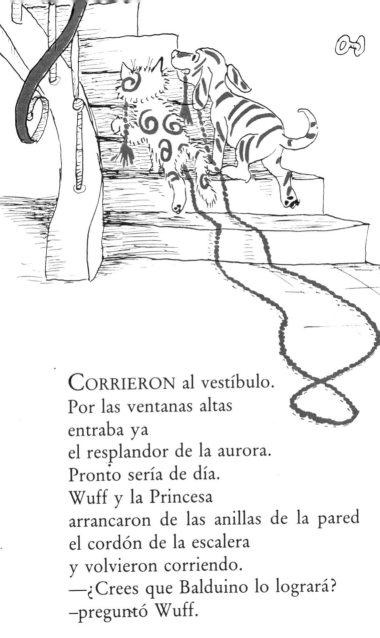

CORRIERON al vestíbulo.
Por las ventanas altas
entraba ya
el resplandor de la aurora.
Pronto sería de día.
Wuff y la Princesa
arrancaron de las anillas de la pared
el cordón de la escalera
y volvieron corriendo.
—¿Crees que Balduino lo logrará?
–preguntó Wuff.

Lo dijo pronunciando muy mal,
porque llevaba
la cuerda entre los dientes.
—¡Quién sabe! —exclamó la Princesa,
pronunciando muy mal también—.
Balduino es un pintor
y no un cow-boy.
Pero los dos
se preocupaban sin motivo.

A BALDUINO
le gustaban las películas del Oeste,
y había observado muy bien
cómo se maneja el lazo.
Hizo una lazada
y giró la cuerda
por encima de su cabeza,
como si se hubiera pasado la vida
cabalgando por la pampa
para cazar caballos salvajes.

—¡Olé! –exclamó Balduino,
y lanzó el lazo.
El lazo fue a caer
sobre un pliegue
del fantasma.
El pequeño fantasma
dio una voltereta
y salió despedido.
Balduino
lo atrapó en el aire.

—Bueno, ¿qué me decís?
¿No soy un magnífico lacero,
y un campeón cazando fantasmas?
La Princesa maulló:

—¡Ahora se pavonea!
¿Por qué serán tan presumidos
los hombres?
Balduino
agarró al fantasma de un pliegue
y le dijo:

—Bien, querido colega,
ya te tenemos aquí.
Ahora
tengo que preguntarte una cosa:
¿quieres seguir como estás?
—¡No!
–gritó el pequeño fantasma–.
Quiero volver a estar
como estaba antes:
blanco como una flor
y pálido como un espectro.
Así es como debe estar un fantasma.

BALDUINO llevó un balde
con agua caliente
y echó detergente al agua.
—Querido colega,
espero que no tengas miedo
al agua ni a los detergentes.
El pequeño fantasma
miró al balde con desconfianza.
No se había bañado nunca,
excepto aquella noche
en el estanque de los cisnes.
Iba a decir: «¡No, por favor!
Prefiero que no».
Pero Balduino
ya lo había metido en el agua.
Sólo sobresalía
la punta de arriba.

—Gluglú, glugluglú
–hizo el pequeño fantasma.

El agua se puso roja.
Y el pequeño fantasma
se quedó de color rosa.
Balduino lo sacó del agua.

—¡Basta!
–dijo el pequeño fantasma,
y tragó aire.

BALDUINO llevó otro balde
con agua y jabón.
El color del fantasma
se transformó en rosa claro.
Después del tercer baño,
el fantasma estaba blanco.
Blanco como una flor
y pálido como un espectro,
tal como debía ser.
Balduino estiró el lazo sobre el balcón
y dijo:

—¡Ahora tienes que secarte, colega!
Buscó una pinza de la ropa
y colgó de la cuerda
al pequeño fantasma.
Wuff y la Princesa se quedaron con él
para hacerle compañía.
—¿Cómo estás?
–le preguntaron los dos.
—No muy bien
–respondió el pequeño fantasma–.
Mi situación es un poco delicada.

Siento un pellizco
en la parte superior de la cabeza.
—¿Quieres que te cantemos
una canción de perros y gatos?
—No, gracias.
Espero que esto no dure mucho.

La Princesa se limpió los bigotes
y preguntó:
—¿Volverás a ser invisible
cuando te seques?
¿Volverás a soplarnos en la nariz
con tanta fuerza?
A Wuff y a mí
no nos gusta eso.
El pequeño fantasma sonrió:
—No tengas miedo.
Sólo era invisible
porque no sabía
si seríais simpáticos o no.
—Bueno,
¿y qué? ¿Somos simpáticos?
–preguntó Wuff.
—¡Muy simpáticos!
¡Enormemente simpáticos!

EL pequeño fantasma
pataleó, colgado de la cuerda.

—Si sois tan amables,
haced el favor
de llamar a mi colega.
Ya estoy seco.

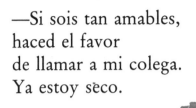

En cuanto Balduino
lo liberó de la pinza,
el pequeño fantasma
trazó un par de círculos volando
y agitó todos sus pliegues.
Finalmente,
voló hacia Balduino
y lo besó con un pliegue
en la punta de la nariz.

—Permíteme que te salude, colega
–dijo.
—Y tú también
–respondió Balduino sonriendo.

WUFF levantó las orejas de repente,
husmeó y gruñó.
Abajo, en el parque del palacio,
se oía ruido.
Alguien gritaba:
—¡Ii-aaa!

74

ALGUIEN mugía.
Alguien gruñía.
Alguien balaba.
Algunos piaban.
Otros graznaban.
Y otros cacareaban.
Delante del palacio
había un montón de animales.
Y los animales gritaban:
—¡Hemos visto al caballo pinto!
¡Y a los cisnes!
¡Y a los murciélagos!
También nosotros queremos
que nos pintéis dibujos.
—Encantado
–respondió Balduino–.
¿Qué te parece a ti, colega?
Al pequeño fantasma
le pareció muy bien, y preguntó:

—¿Te queda pintura roja?
—Más que suficiente
–respondió Balduino.

—Entonces, vamos allá
–exclamó el pequeño fantasma–.
Poneos en orden
y guardad cola.
¡Ah, y nada de empujones!
Wuff y la Princesa
dijeron que también ellos
querían colaborar.
—Yo me encargo de los ratones

–propuso la Princesa.

—Nosotros queremos lunares
–pidieron los ratones.

—Nosotros, círculos
–graznaron los patos.

Cada uno deseaba una cosa distinta.
Los cuatro habitantes de palacio
tenían trabajo a pliegues,
patas y manos llenas.

¿Y vosotros?
¿No queréis ayudarles?